FSC
www.fsc.org

MIX

Papier aus ver-
antwortungsvollen
Quellen
Paper from
responsible sources

FSC® C105338

AF272497

Originalcopyright 2022
© Sina Land (sina-land.jimdofree.com) und
Gerd Schäfer (gerdschaefer.com)
Covergestaltung: Sina Land
unter Verwendung von Bildern aus Pixabay
Illustration: Sina Land
Korrektorat und Lektorat: Donata Schäfer
(Texthüterin www.texthueterin.de)
Herstellung und Verlag:
BoD – Books on Demand, Norderstedt
ISBN: 9783756856954
1. Auflage November 2022

GERD SCHÄFER
SINA LAND

OMA OLÉ

Loser

„Ich fasse es nicht! 0:4 gegen Österreich? Ja geht's noch? Jetzt ist der Kunkelmann fällig! Wenn er nach dem Spiel nicht fliegt, gibt es eine Revolution!"

Schmunzelnd betrachtet Waltraut ihren dreizehnjährigen Enkel Tom. Wie kann man sich wegen eines Fußballspiels dermaßen aufregen? „Das ist doch nur Fußball", versucht sie ihn milde zu stimmen.

„Was heißt hier ‚NUR Fußball'?" Mit beiden Händen deutet er auf den Fernseher. „Das ist unsere Nationalmannschaft!"

„Trotzdem!" Waltraut gibt sich nicht geschlagen. „Es ist nur ein Spiel. Da kann man schon mal verlieren."

Mit knallrotem Kopf wendet sich Tom ihr zu. „Natürlich kann man mal verlieren. Aber nicht so! Wie kann man nur so eine Scheiße spielen?"

„Na na, junger Mann! Solche Ausdrücke möchte ich hier nicht hören!"

„Entschuldigung! Die fußballtechnische Leistung und der gezeigte Einsatz waren wenig erbaulich." Tom rollt mit den Augen.

Im Fernsehstudio liest der Moderator die Meinungen der Zuschauer vor, die über die sozialen Medien Kommentare abgegeben haben. Begriffe wie „Peinlichkeit", „Verschwörung" und „Arbeitsverweigerung" fallen. Natürlich hat jeder einen Vorschlag, wie man es besser machen kann. Der Sprecher konfrontiert Dieter Paulsen, den Präsidenten des Fußballbundes, mit den Anfeindungen und Verbesserungsvorschlägen. Dieser schüttelt erst nur den Kopf, irgendwann verengen sich seine Augen, und sein Gesicht wird mit jedem Kommentar roter. Bevor alle Bemerkungen vorgelesen sind, reißt er dem Moderator die Zettel aus der Hand, zerstückelt sie und wirft sie auf den Boden.

„Es reicht! Ich kann dieses dauernde Gejammer nicht mehr hören! Jeder Fußballfan glaubt, alles besser zu wissen. Jeder Deutsche denkt, der beste Nationalmannschaftstrainer zu sein. Ich hab die Faxen dick!" Paulsen gestikuliert wild Richtung Kamera. Waltraut glaubt sogar, Spuckebläschen an seinen Lippen zu sehen, aber ohne Brille erkennt sie es nicht genau.

„Ja", redet sich der Präsident weiter in Rage. „Ich habe Kunkelmann soeben entlassen. Er ist als Bundestrainer nicht mehr tragbar. Eigentlich sollte ich mir jetzt Gedanken über einen fähigen Nachfolger machen, aber wie ich eben gelernt habe, wissen Sie ja sowieso alles besser." Drohend bohrt er seinen Zeigefinger in die Kameralinse. „Deshalb werde ich diesmal einen völlig neuen Weg gehen. Jeder, der glaubt, ein geeigneter Nationaltrainer zu sein, soll eine E-Mail an den Fußballbund schicken. Name, Alter, Wohnort. Ich werde morgen Abend höchstpersönlich aus allen Einsendungen den neuen Bundestrainer aus-losen!"

Waltraut schüttelt den Kopf. Die Welt ist verrückt geworden. Als ob es nichts Wichtigeres gibt als ein paar Jungs in Sporthosen, die einem Ball hinterherjagen. Tom dagegen starrt mit offenem Mund auf die Mattscheibe. „Hast du das gehört?", stammelt er. „Jeder hat die Chance, Bundestrainer zu werden und uns mit einem Sieg gegen Holland zur Weltmeisterschaft zu führen!"

„Untersteh dich, deinen Namen in den Lostopf zu werfen! Das ist kein Job für kleine Rotzlöffel!" Ihr Blick fällt auf die Kuckucksuhr an der Wand. „Jetzt wird es aber Zeit, nach Hause zu fahren. Deine

Mama wird sich bereits fragen, wo du bleibst. Vermutlich wartet sie schon mit dem Essen."

Tom schiebt sich den Finger in den Mund. „Mama hat bestimmt wieder so einen Grünzeug-Fraß zusammengerührt."

„Junger Mann! Was habe ich dir über die Wortwahl gesagt?" Waltraut schaut ihn ernst an.

„Entschuldigung." Er rollt mit den Augen. „Mamas kulinarischen Experimenten wird es mal wieder an tierischen Eiweißen fehlen." Grinsend schnappt er sich Jacke und Schultasche und rennt zur Tür. „Bis morgen, Oma! Du weißt ja, ich übernachte bei dir. Hab Ferien."

„Als wenn ich so etwas vergessen würde. Schließlich bin ich erst 78 und keine hundert!"

Lächelnd winkt sie ihm hinterher. Tom ist ein Goldstück. Nur seinen geliebten Fußball nimmt er meist ein wenig zu ernst. Waltraut hat sich nie für Ballsport interessiert. Dressurreiten und vor allem Synchronschwimmen, das sind Sportarten nach ihrem Geschmack. Seufzend denkt sie an ihre Zeit als Trainerin des Wasserballetts und schaltet den Fernseher aus. Bestimmt muss sie sich morgen Abend diese Fußballtrainer-Auslosung anschauen. So ein alberner Zirkus!

T oms T agebuch

Was für ein krasser Scheiß! Natürlich werde ich der neue Teamchef und als Trainergott den Weltmeisterpott in Mexiko holen!!

Auslosung

„Oma, komm! Es geht gleich los!", tönt es aus dem Wohnzimmer, wo Tom schon vor dem Fernseher sitzt. Ihr ist es egal, ob der Herr Braun oder der Herr Winfelder diese Auslosung gewinnt. Deshalb schneidet sie noch ein Brot für ihren Enkel zurecht, garniert es dick mit Butter, Käse, Wurst und einer kleingeschnittenen Gurke obendrauf.

„Die haben schon den Lostopf geholt. Boah, was für eine Scheiße, das sind ja Millionen Zettel."

Mit einem tiefen Seufzer balanciert sie das Brotzeitbrettchen zum Wohnzimmertisch und setzt sich neben Tom aufs Sofa.

Der sitzt nicht wie sie gemütlich zurückgelehnt, sondern vorne auf der Kante, die Haare wild abstehend sieht er aus, als würde er jeden Moment selbst auf den Rasen steigen, um die Mannschaft zum Sieg zu führen.

„Nun setzt dich doch mal zurück. Die werden auch, ohne dass wir Blut und Wasser schwitzen, einen Trainer finden."

„Aber Oma!" Dieser Blick sagt ihr, dass sie in seinen Augen etwas völlig Ungeheuerliches gesagt hat. Der Kiefer klappt nach unten, offenbar um ihr gleich in aller Ausführlichkeit zu erklären, was sie verbrochen hat, doch dann wandert sein Finger in Richtung des Fernsehers. „Die Auslosung beginnt!" Seine Füße rutschen auf das Sofa. Ihn hält nichts mehr in Schach. Auf dem Polster stehend beäugt er, wie Dieter Paulsen in den Lostopf greift und einen einzelnen Zettel herausfischt. Jetzt schaut sie selbst ebenfalls genauer hin und sieht die Schweißperlen auf der Stirn des Mannes, während spannungsgeladene Musik eingespielt wird. Was für ein Spektakel. Wie man um so etwas nur solch einen Zirkus machen kann. Sie putzt sich ihre Finger, die vom Brotstreichen voll Butter sind, am Taschentuch ab. Der Mann entfaltet den Zettel, wischt über seine Stirn und liest.

„Frau Waltraut Hingerl!"

Tom schlägt die Hände vor den Mund, gluckst, schaut sie an, gluckst erneut und springt voller Enthusiasmus auf dem Sofa herum, dass sie neben ihm in die Höhe gedrückt wird.

„Ist ja witzig, die heißt genauso wie ich. Und ... sie ist eine Frau! Na da bin ich mal gespannt, was die Männerwelt davon hält."

Ihr Enkel hüpft und schreit, als hätte er eben den Weltmeisterschaftstitel geholt.

„Nun ist ja wieder gut. Beruhige dich. Komm, setzt dich hin, ich hab dir ein Abendbrot gemacht. Jetzt kannst du in aller Ruhe essen. Die Welt hat also jetzt eine Trainerin."

Tom lässt sich schwungvoll neben ihr auf die Sitzfläche fallen und gestikuliert wild vor ihrer Nase herum. „Heiliger Kackmist!"

Waltraut zieht die Augenbrauen hoch.

„Ok, ok. Heiliges Kanonenfutter. Die haben dich gezogen. Du bist Trainerin unserer National-mannschaft!"

Ungläubig schüttelt sie den Kopf. Was er nur für eine Fantasie hat.

„Du kapierst es nicht!" Tom schaut gen Himmel. „Ich habe deinen Namen in den Lostopf werfen lassen, weil man über 18 sein muss. Und jetzt bin ich, ... also nein, du ... äh wir sind National-mannschaftstrainer."

Ihr steht der Mund offen. Das kann nicht sein. Das hat er sich gewiss nur alles zusammengereimt. Um ihn nicht zu kränken, spielt sie sein Spiel mit und freut sich mit ihm. Es ist doch immer wieder bezaubernd, wenn Kinder sich über Begeben-heiten so freuen, die gar nicht existieren.

In dieser Nacht schläft sie unruhig. Ihr Enkel war vor Aufregung noch lange wach und hat sich zu ihr ins Bett verzogen. Quer über ihren Bauch liegen seine Beine, und die Arme umklammern ihren Hals. Da half für sie alles Schäfchenzählen nicht. Ob das die ganzen Ferien so weitergehen würde? Hoffentlich fiebern sie nicht jeden Tag mit den Fußballhelden und der neuen Dame an ihrer Spitze mit.

Als am Morgen das Telefon läutet, ist sie völlig gerädert. Offenbar war sie gegen Früh doch noch eingeduselt. Tom neben ihr schläft tief und fest, als es erneut bimmelt, sitzt er trotzdem im Bett. Schlaftrunken torkelt sie in den Gang und zum Kästchen, wo die Ladestation steht. Ihr Enkel kommt barfuß hinterhergetappt.

Gleichmütig räuspert sie sich und hebt ab. „Ja, Hingerl", sagt sie. Dann allerdings verliert sie jegliche Gemütsruhe. „Guten Tag, hier ist Alfons Kiesewetter, der Teammanager der Nationalelf. Wie Sie bestimmt wissen, haben Sie ab morgen das Amt des Trainers inne. Wir danken Ihnen für Ihre Bewerbung und setzen große Stücke auf Sie. Ganz Deutschland zählt auf Sie. Nun ja, also dann zu den Formalitäten. Morgen werden Sie pünktlich zum Trainingslager abgeholt. Meine Sekretärin wird gleich noch die Adressdaten überprüfen. Ja und dann wünsche ich Ihnen viel Glück mit der Mannschaft. Das letzte und alles entscheidende WM-Qualifikationsspiel gegen Holland steht in einer Woche an."

Toms Tagebuch

Ich werd verrückt! Scheiße, scheiße, scheiße. Nationaltrainer! So Jungs, jetzt haltet aber mal die Backen zusammen. Jetzt werden wir euch mal in euern trägen Hintern treten. Poliert schon mal die Hufe.

Training

„Oma, jetzt komm schon! Der Wagen ist da." Tom ist vor Aufregung ganz aus dem Häuschen.

Waltraut dagegen steht vollkommen neben sich. Sie soll eine Fußballmannschaft trainieren? Ahnung hat sie nur vom Schwimmen. Wie soll das funktionieren? Zwar hat Tom versucht, ihr im Laufe des Tages alle möglichen Informationen zu geben, aber viel hängen geblieben ist nicht. Dass es darum geht, den Ball ins Tor der gegnerischen Mannschaft zu schießen, weiß sie natürlich. Aber was um alles in der Welt sind Viererkette, Konterspiel und Abseits? Und warum hat der Sechser eine Acht auf dem Rücken, während der falsche Neuner mit einer Neun aufläuft?

Kopfschüttelnd zieht sie den Rollkoffer in den Hof, schließt ihr Haus ab und läuft zu einer großen schwarzen Limousine.

„Ist das Auto nicht der Hammer?", jauchzt Tom vor Vergnügen.

Auf der Fahrt zum Trainingsort der National-
mannschaft fachsimpeln Tom und der Fahrer über
Fußball, während sie wie versteinert aus dem
Fenster starrt. Nun steht sie, Waltraut Hingerl, also
in einer Reihe mit Trainerlegenden wie Sepp
Herberger und Franz Beckenbauer. Wenn das ihr
Anton noch hätte erleben dürfen. Der war so
fußballvernarrt wie ihr Enkel.

„Oma, Oma, schau nur! Da hinten ist das
Trainingsgelände! Und schau mal, die vielen
Luxuskarren! Die Spieler sind bestimmt schon
da!"

Waltraut sieht skeptisch auf die dicken Autos.
„Gibt es nicht so etwas wie einen Mann-
schaftsbus?"

Als der Wagen hält, öffnet ihr ein kleiner Mann im
Nadelstreifenanzug die Autotür. „Willkommen
bei der Nationalmannschaft, Frau Hingerl. Ich bin
Alfons Kiesewetter, der Teammanager. Wir haben
bereits telefoniert. Ich kümmere mich um das
organisatorische Drumherum und die PR." Laut
lachend schüttelt er den Kopf. „Aber das
interessiert Sie wahrscheinlich nicht im
Geringsten. Die Mannschaft kennenzulernen,
brennt ihnen bestimmt mehr unter den Nägeln.
Bitte folgen Sie mir!"

Zusammen mit Tom stapft sie dem Teammanager hinterher. „Normalerweise wimmelt es hier von Presseleuten. Diese habe ich heute jedoch ausgesperrt. Die werden noch früh genug über Sie herfallen." Entlang eines Sportplatzes geht es zu einem kleinen Gebäude. „Hier gibt es alles, was Sie brauchen. Neben den Mannschaftskabinen haben wir einen Physiobereich, einen gut ausgestatteten Fitnessraum und eine Sauna. Ich werde Sie jetzt zur Mannschaft bringen und mich dann wieder an die Arbeit machen. Sie werden schon zurechtkommen." Im Gegensatz zu Waltraut scheint Kiesewetter recht zuversichtlich.

Er klopft an eine Tür und zwei Sekunden später betreten sie eine luxuriös ausgestattete Mannschaftskabine. Zwanzig junge Männer starren sie schweigend an. Waltrauts Hände schwitzen und ihre Ohren klingeln. Wie durch einen Wattebausch hört sie Toms begeisterte Stimme. „Krass, da ist ja der Mayer! Und auch der Pauker! Ich fasse es nicht!"

Kiesewetter macht es sich einfach. „Moin Jungs! Darf ich euch eure neue Trainerin vorstellen, Frau Hingerl! Ich muss jetzt los!" Lächelnd nickt er, dreht sich um und geht. Waltraut steht nun allein mit Tom, der immer noch irgendwelche Namen aufzählt, vor einem Haufen junger Männer.

„Ähm, guten Morgen die Herren!", stammelt sie. Das mit der Autorität muss sie wohl noch üben. „Ich bin die Waltraut und ich soll Sie für dieses Welt-Champions-Fußball-Turnier-Dings trainieren."

„Sie meinen wohl das Qualifikationsspiel für die Weltmeisterschaft?" Ein großer dunkelhaariger Mann mit tätowierten Armen schaut sie belustigt an.

„Sag ich doch" Waltraut zuckt mit den Schultern. „Ein Fußballspiel halt." Wenn die Kerle sie noch länger so anstarren, verliert sie völlig den Faden und ihre Konzentration ist hinüber. Schluckend berappelt sie sich. „Ich erwarte Sie in zehn Minuten auf dem Sportplatz." Ohne ein weiteres Wort dreht sie sich um, packt Toms Ärmel und zieht ihn mit hinaus.

Draußen muss sie sich erst einmal hinsetzen. „Ich schaffe das nicht. Ich bin vollkommen planlos. Die Jungs machen seit Jahren nichts anderes als Fußballspielen und ich weiß nicht mal, was eine Pressung ist."

„Du meinst Pressing, oder?" Tom grinst sie an.

„Ja, siehst du!" Konsterniert schließt sie die Augen.

„Wir schaffen das schon Oma!" Ihr Enkel knufft sie in die Seite. „Du sagst doch selbst, dass die

 - 19 -

Spieler seit Jahren nichts anderes machen, als Fußball zu spielen. Die wissen schon, was sie tun. Schließlich wollen sie zur WM fahren. Und jetzt treten wir diesen Schlappschwänzen mal ordentlich in den Arsch!"

Waltraut öffnet die Augen und schaut ihn missbilligend an. „Wie war das noch gleich mit diesen Ausdrücken?"

Tom rollt die Augen. „Entschuldige. Wir wollen uns anschicken, den talentiertesten Fußballern unserer Zeit nicht enden wollende Motivation zu schenken."

Waltrauts erster Blick auf die Elite zeigt ihr deutlich, dass Tom den Nagel auf den Kopf getroffen hat. Gelangweilt marschieren sie auf den Rasen, einige albern rum, andere bleiben für sich. Niemand achtet auf sie.

„Als erstes müssen sie sich warmlaufen", flüstert Tom. Dann steckt er ihr seine alte Trillerpfeife zu.

Dankbar nickt sie. Energisch steckt sie die Pfeife zwischen die Lippen, pumpt die Backen auf und bläst dann so fest hinein, dass alle erschrocken zu ihr herumfahren. „Ich wäre den Herren sehr verbunden, wenn Sie sich nun warmlaufen würden."

Murrend zuckeln die Spieler los und drehen ein paar Runden. Beim nächsten Pfiff versammeln sich wieder alle bei Waltraut.

„Bestimmt haben Sie gemerkt, dass ich nicht die größte Expertin im Fußballsport bin. Ich könnte Ihnen höchstens ein paar Figuren fürs Synchronschwimmen beibringen. Sie dagegen machen seit Jahren nichts anderes und wissen genau, was zu tun ist." Nervös schaut sie in die Runde. „Wer von Ihnen ist der Mannschafts-Pilot?"

Alle lachen. Der dunkelhaarige Typ mit den tätowierten Armen hebt die Hand. „Wenn Sie Kapitän meinen, bin ich das wohl. Ich bin Manuel Mayer."

„Sehr schön, Herr Mayer. Dann bitte ich Sie, Ihre Mannschaft in vier Gruppen aufzuteilen und ein paar dieser üblichen Fußball-Trainings-Übungen zu machen, die Sie sonst auch immer absolvieren."

Waltraut hat es schon immer gehasst, von irgendwelchen Dingen ahnungslos zu sein. Hier fühlt sie sich völlig deplatziert und schämt sich für ihre Unkenntnis.

„Sie wollen also sozusagen, dass wir machen, was wir wollen?" Mayer schaut sie fassungslos an.

„Denk an das, was wir besprochen haben", flüstert Tom ihr zu.

Waltraut strafft die Schultern. „Ich gehe davon aus, dass Sie das Spiel gegen Holland gewinnen und zu diesem Welt-Turnier fahren wollen. Vor diesem Hintergrund gehe ich ebenfalls davon aus, dass Sie gut vorbereitet sein möchten, wenn Sie dieses Spiel spielen. Daher gehe ich weiterhin davon aus, dass Sie sich beim Training Mühe geben werden, um Ihr Ziel zu erreichen." Herausfordernd schaut sie die Spieler an. Diese zucken mit den Schultern, verteilen sich auf dem Platz und schießen sich unmotiviert den Ball zu.

Resigniert lässt sich Waltraut auf eine Bank sinken. „Das hier wird gewaltig in die Hose gehen."

Tom klopft ihr auf die Schulter. „Keine Sorge. Du bist meine Oma! Du kriegst alles hin! Ich werde mich jetzt mal unter die Spieler mischen und mir ein paar Autogramme besorgen!"

Keine halbe Stunde später sieht Waltraut, dass immer mehr Spieler den Platz verlassen und in die Kabine gehen. „Was ist los? Warum machen Sie nicht weiter?"

Mayer zuckt mit den Schultern. „Wir haben uns entschieden, lieber ein wenig im Hotel zu regenerieren. Synchronschwimmen, Playstation und so."

Keine zehn Minuten später sind alle verschwunden. Als sie kurz darauf mit Tom zur Limousine geht, ist sie am Boden zerstört. „Ich habe versagt, ich habe vollkommen versagt", murmelt sie vor sich hin.

Auf dem Parkplatz wird sie von einer tobenden Meute empfangen. Fernsehteams und Fußballfans haben sich hinter dem Zaun versammelt, pfeifen, brüllen Beleidigungen und werfen ihr Fragen entgegen. Ein paar strecken Plakate in die Luft auf denen „Mit Waltraut zur Waldmeister-schaft" steht. Schnell verschwindet sie im Auto.

T oms T agebuch

So, jetzt könnt ihr alle einpacken! Ich habe von jedem Spieler eine Unterschrift auf meinem T-Shirt!!! Das hat noch keiner geschafft. Ihr Hosenscheißer habt verloren.

Schmalspurkicker

Der Fahrer bringt Waltraut und Tom ins Hotel. Vor dem Gelände stehen weitere Fans, ebenso Presseleute und lassen ihrem Unmut freien Lauf. Auf dem Weg zu ihrem Zimmer hört Waltraut bekannte Stimmen. Vorsichtig schiebt sie sich zwischen zwei Büschen hindurch und sieht ein paar ihrer Spieler, die es sich am Pool gemütlich gemacht haben.

„Das mit dem Zurückfahren und im Pool abhängen war wohl doch keine so gute Idee. Die fressen uns, wenn sie merken, dass wir nicht trainieren. Da sind wir auf dem Spielfeld echt besser aufgehoben." Pauker steht neben ein paar Liegestühlen und verschränkt die Arme. „Hört ihr die Leute grölen? Die anderen sagen nichts, nur der mit den wuscheligen Haaren stemmt sich aus seiner Liege hoch. „Die sind doch alle nicht mehr ganz dicht", sagt er kopfschüttelnd. „Was können wir denn dafür, wenn die uns eine Oma vor die Nase setzen. Da brauchen sie doch nicht uns in die Pfanne hauen."

Mucksmäuschenstill verharrt Waltraut in ihrem Versteck. Zum Glück schaut keiner in ihre Richtung. Nur Tom guckt sie fragend an, doch sie bedeutet ihm, weiterzugehen.

Mayer, der Kapitän kommt angeschwommen und hält sich am Beckenrand fest. „Wen juckt es schon, was die Leute denken. Natürlich werden die auf uns einprügeln, wenn wir das Spiel vergeigen, aber mal ehrlich … eine alte Oma, die auf Synchronschwimmen steht? Wenn sich jemand Ärger einfängt ist es unser lieber Fußballpräsident. So eine bescheuerte Idee. Ich schwimme lieber noch eine Runde."

„Klar, der Vorschlag mit dem am Pool abhängen, konnte ja nur von dir kommen", motzt Pauker.

„Du warst ja schon mal bei einer Weltmeisterschaft. Für mich ist das aber etwas Besonderes, eine einmalige Gelegenheit, mich der Welt zu präsentieren. Ich möchte das unbedingt mal erleben. Wenn du keinen Bock drauf hast, solltest du vielleicht zurücktreten."

„Jetzt blas dich nicht so auf." Mayer stemmt sich aus dem Wasser und setzt sich an den Beckenrand. „Wir alle wollen zur WM. Egal, wie oft man da schon mitgemacht hat, ein solches Turnier ist immer ein Highlight."

„Warum stehen wir dann hier noch herum? Die Oma hat recht … Wir haben alle Ahnung von Fußball und schon mit unzähligen Trainern zusammengearbeitet. Was ist dabei, wenn wir zum Platz zurückfahren und uns selbst eine Strategie ausdenken?" Pauker schaut fragend in die Runde.

Ein Kleinerer blickt aus der hintersten Ecke zu ihnen herüber. „Ich hätte voll Bock drauf."

„Halt doch den Mund, Terrier, wer fragt denn schon dich?" Der Dunkelhäutige mit den Rasterlocken schaut ihn süffisant an. „Ich hab mich die letzte Zeit genug abgerackert. Nicht so wie du, der immer nur wuselt, aber nix trifft."

Der Kapitän geht zu ihnen und stellt sich zwischen die beiden. „Halt dich zurück Rasta! Wenn wir uns gegenseitig an die Gurgel gehen, ist das Pressetheater noch größer." Seufzend reibt er sich die Schläfen. „Also Jungs, was meint ihr, wollen wir eine Runde trainieren und die Taktik fürs Hollandspiel planen?"

„Natürlich wollen wir!" Pauker boxt ihm freundschaftlich gegen die Schulter. „Schließlich möchte ich mich in ein paar Wochen Weltmeister nennen!"

Mayer rollt mit den Augen und schüttelt den Kopf. „Werd nicht gleich größenwahnsinnig! Erst

müssen wir das Spiel gegen Holland gewinnen. Lasst uns den anderen Bescheid geben. Die Alte brauchen wir jedenfalls nicht dafür!"

Schnell zieht sich Waltraut zurück. Eigentlich sollte sie gekränkt sein, bei all dem, was sie über sich gehört hat. Doch sie schluckt ihren Ärger hinunter. Eilends holt sie Tom aus dem Zimmer. „Los, wir müssen wieder zum Trainingsplatz! Aber diesmal nur als stille Beobachter."

Als die beiden dort ankommen, steht die Mannschaft bereits auf dem Rasen und spielt Fußball. Waltraut und Tom setzen sich auf eine abseitsstehende Bank und beobachten die Spieler. Schnell bestätigt sich, wo das eigentliche Problem liegt.

Mayer pfeift den Stürmer zurück und hält ihm eine Standpauke, weil er jedes Mal aufs Neue versucht, das Tor zu treffen, obwohl ein Mitspieler besser postiert ist. Beim nächsten Mal schießt er absichtlich daneben. Rasta tänzelt sich von seinem Manndecker frei, lässt ihn stehen, dribbelt von hinten durch die Abwehr hindurch, schießt aufs Tor und trifft.

„Mann", schreit Mayer. Sein Adamsapfel hüpft. „Du sollst hinten stehen und nicht den Job von

Mister Langschläfer machen. Beförder dein Hinterteil sofort zurück!"

Der Lockenkopf tuschelt mit drei anderen mitten auf dem Spielfeld und Mayer stellt sich mit aderzuckender Schläfe zu ihnen. „Sind wir jetzt fertig mit dem Kaffeekränzchen? Beweg deinen Arsch, sonst tue ich es für dich."

Einer der drei zeigt ihm eine unmissverständliche Geste.

Schmidchen stellt sich schnell zwischen die beiden. „Warum können wir es denn nicht anders machen?", fragt er mit beschwichtigendem Abwinken. „Jetzt können wir schon mal selbst bestimmen. Wir haben uns doch immer über die Knalltüte Kunkelmann aufgeregt. Ich würde zu gerne mal im Tor stehen."

Mayer lacht bitter. „Ja klar und damit du den Ball erwischst, stellen wir dich bei jemandem auf die Schultern. Wie willst du Stumpen denn das Tor ausfüllen? Ganz ehrlich. Ihr seid eine voll beknackte Truppe. Kein Wunder, dass die nicht an uns glauben. Wie auch? Bei all den verpeilten Schmalspurkickern." Mit diesen Worten lässt er sie stehen und verlässt das Spielfeld.

Waltraut hat genug gesehen. Hecktisch packt sie Tom am Arm und zieht ihn zum Parkplatz. „Genau, wie ich es befürchtet habe. Die Jungs sind

einfach keine Mannschaft, kein Team. Es fehlt an Zusammenhalt. Wir haben eine Menge Arbeit vor uns. Müssen ihnen Gemeinschaftsgefühl bei-bringen!" Sie seufzt. „Wie soll das in so kurzer Zeit funktionieren?"

Toms Tagebuch

Die Oma ist voll down. Weiß gar nicht, was ich mit ihr machen soll. Die wollen uns nicht nach Hause fahren lassen. Jetzt sitzen wir hier im Hotel herum. Können nicht mal raus, weil diese - Kamerafutzis uns abpassen.

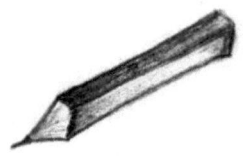

Pressekonferenz

„Ich kann das nicht!", jammert Waltraut. „Schau mal, wie viele Leute dort sitzen! Und alle haben sie es auf mich und die Mannschaft abgesehen." Verzweifelt schaut sie durch die Tür in den großen Besprechungsraum, den die Hotelangestellten für die Pressekonferenz hergerichtet haben.

„Ich kriege bestimmt kein Wort heraus, bin viel zu nervös. Was soll ich hier? Die wollen mich doch nur vorführen und fertig machen."

Tom legt ihr seine Hand auf die Schulter. „Ach Oma, du schaffst das schon! Stell dir einfach bei jedem Pressefutzi vor, es wären freche Jungs, denen du den Marsch blasen würdest. Und denk an das, was wir besprochen haben. Zeig, dass du hinter der Mannschaft stehst, dass ihr ein Team seid!""

Im Moment steht Kiesewetter auf der Bühne und gibt eine kurze Erklärung ab. Die Pressemeute hat aber keine Lust auf den Teammanager. Sie wollen Waltraut!

„Kommen Sie, Frau Bundestrainerin! Wir sind an der Reihe." Mayer, der Kapitän der Mannschaft, schaut drein, als hätte er seit Jahren keinen Elfmeter mehr getroffen. Nachdem ein Paparazzo Fotos von einigen Spielern am Pool geschossen hat, während diese eigentlich beim Training hätten sein sollen, und diese Bilder in allen Zeitungen gedruckt wurden, ist in den Medien die Hölle los. Alle prügeln auf die Mannschaft und ihre neue Trainerin ein. Noch schlimmer ist es in den sozialen Netzwerken. Es hagelt übelste Beleidigungen und es gab sogar Androhungen von Gewalt.

Mayer schiebt sie auf die Bühne und die Vertreter der Medien brüllen sofort alle durcheinander. Waltraut hört Worte wie „Skandal", „Witzfigur" und „Schande".

Kiesewetter wird laut, um den Mob an Presseleuten zum Schweigen zu bringen. „Ich kann verstehen, dass Sie viele Fragen haben und aufgebracht sind. Trotzdem bitte ich Sie, Ihre Fragen nacheinander zu stellen. Sonst muss ich die Veranstaltung abbrechen.

Bitte, ruft weiter durcheinander, denkt dagegen Waltraut. Ihr ist heiß, sie war in ihrem ganzen

Leben noch nie so aufgeregt und ängstlich zugleich. Die Menschen im Raum kommen ihr vor, wie eine Meute wilder Hunde, die sich am liebsten auf sie stürzen und sie zerfleischen würden.

„Bitte stellen Sie zuerst Fragen an unseren Kapitän Manuel Mayer." Als erstes deutet Kiesewetter auf einen eleganten Presseherrn mit Block und Stift in der Hand.

Dieser steht ohne Eile auf und schaut provokant langsam auf seinen Block. „Lieber Herr Mayer, ich weiß gar nicht, wo ich mit meinen Fragen beginnen soll. Sie sind inzwischen seit zwei Jahren Kapitän der Mannschaft, sind mit mehreren Mannschaften Meister geworden, besitzen Autos, Häuser und Millionen auf dem Konto. Sie stehen in der Öffentlichkeit und viele Menschen, insbesondere Kinder schauen zu Ihnen auf. Sportliche Leistungen wie gegen Österreich legen den Eindruck nahe, dass Sie es nicht mehr nötig haben, sich anzustrengen. Wenn ich dann sehe, wie Sie mit Ihren Kollegen genüsslich am Pool herumlümmeln, anstatt für das Spiel gegen Holland zu trainieren, bekommt man den Eindruck, dass Sie mittlerweile zu abgehoben und arrogant sind, um als Vorbild dienen zu können. Wenn ich ehrlich bin, bin ich stinksauer über Ihre Einstellung und frage mich, was Sie und die anderen Spieler in dieser Mannschaft zu suchen haben, die unser Land vertritt. Sie sind eine Schande!"

Waltraut schielt zu Mayer, der in seinem Stuhl immer kleiner wird. Wie alt wird er sein? Vielleicht Mitte zwanzig? Wie soll er nur in diesem Alter mit einem solchen Druck umgehen können? Vorbild zu sein, Erwartungen eines ganzen Landes erfüllen, jeden Fehler auf solchen Veranstaltungen aufs Brot geschmiert zu bekommen? Es macht sie wütend, wenn sie hört, wie nun alle in das Gehetze einstimmen und gemeinsam auf ihn einprügeln.

„Genug!", brüllt sie in ihr Mikro. „Es reicht! Jetzt lassen Sie den armen Jungen in Ruhe. Was ist denn nur los mit Ihnen? Haben Sie schon mal etwas von Fairness und Anstand gehört? Ich habe heute Morgen die Zeitungen gelesen. Wie können Sie nur solche jungen Männer vor aller Welt als arrogante Versager bezeichnen? Was ich da gelesen habe, ist widerlich!" Waltraut ballt ihre Hände zu Fäusten. „Wie würden Sie sich fühlen, wenn Sie tagtäglich wegen Ihres Jobs beleidigt und in der Öffentlichkeit bloßgestellt würden?"

„Entschuldigen Sie bitte Frau...", beginnt der elegante Herr.

Waltraut springt auf und deutet mit dem Zeigefinger auf ihn. „Halten Sie sich gefälligst zurück, während ich rede!" Vornübergebeugt steht sie vor ihrem Mikrofon. „Kaum verlieren sie mal ein Spiel, werden sie verdammt und öffentlich gesteinigt. Verflixt noch mal, das hier ist ein Spiel und kein Krieg. Im Fußball gibt es immer auch einen Gegner, der ebenfalls das Spiel gewinnen möchte. Mal siegt man, mal verliert man. Das ist aber kein Grund, meine Jungs zu verteufeln. Wer jeden Tag unter solchem Druck und einer so riesigen Erwartungshaltung steht, bricht irgendwann einmal zusammen und versagt. Dann hilft es aber nicht, zu beleidigen und fiese Kommentare zu schreiben. Stattdessen sollten Sie die Jungs motivieren und ihnen Mut machen!"

Tief durchatmend lässt sie sich zurück auf ihren Stuhl sinken. „Und wenn Sie sich über das ausgefallene Training am Morgen beschweren wollen, dann wenden Sie sich bitte an mich. Ich habe den Jungs eine Erholungsrunde verordnet. Sie sollten entspannen und auf andere Gedanken kommen. Wer kann denn ahnen, dass die liebe Presse meiner Mannschaft diese Erholung gleich wieder kaputt macht."

Kopfschüttelnd steht sie auf. „Kommen Sie, Mayer! Das hier bringt uns nicht weiter."

Hinter der Bühne klopft Tom ihr anerkennend auf die Schulter. „Holla die Waldfee! Den Presse-Idioten hast du aber mal ordentlich in den Arsch getreten!"

„Tom!", herrscht sie ihn an.

„Entschuldige bitte. Ich wollte sagen, dass du die werten Herren von der Presse gekonnt in die Schranken verwiesen hast." Grinsend hakt er sich bei ihr unter. Zusammen mit Mayer machen sie sich auf den Weg zu ihren Zimmern.

Toms Tagebuch

Meine Oma ist saucool. Das Gesicht von Mayer hättet ihr sehen sollen. Ich dachte, der lässt sich jeden Moment von ihr an die Brust drücken. Ihhh, ich mag das gar nicht, wenn sie das macht.

Vertrauen

Die Spieler stehen auf dem Rasen, aber keiner kickt einen Ball. In einer Reihe haben sie sich vor Waltraut und Tom aufgestellt, als wenn sie jeden Moment vor dem großen Finale die Nationalhymne singen würden. Der Kapitän macht einen Schritt auf sie beide zu. „Also ... ich wollte mich, im Namen der gesamten Mannschaft bei Ihnen für Ihren Einsatz bei der Pressekonferenz bedanken. Und ..." Geknickt schaut er zu Boden. „... ich ... also wir, wollten uns entschuldigen. Nun ja, für ... wir haben Sie wohl nicht ernst genommen. Tut mir leid." Beschämt schaut er auf den Boden, wie Tom, wenn er einen ihrer alten Stühle kaputt gekickt hat, weil er im Zimmer unbedingt mit dem Ball Tricks trainieren musste.

Waltraut winkt ab. „Ach, denen musste doch mal jemand die Meinung sagen." Dann stemmt sie die Hände in die Hüften und schaut sie der Reihe nach an. „Schwamm drüber. Dass ich mich nicht mit Fußball auskenne, wissen nun alle hinreichend.

Wofür ich aber die Entschuldigung gelten lasse, ist, dass ich durchaus Menschenkenntnis besitze. Habe nicht umsonst früher eine Synchronschwimmgruppe geleitet. Wenn das nach was aussehen soll, dann braucht es Zusammenhalt und dazu kommt es nur, wenn sich die Leute der Gruppe blind aufeinander verlassen können."

Mayer tritt zu seiner Mannschaft zurück, sieht erleichtert aus.

„Und damit man sich vertrauen kann, muss man als Team zusammenwachsen. Wie lange spielt ihr schon in dieser Konstellation?"

Der Kapitän verzieht das Gesicht. „Leider so erst seit dem letzten Spiel."

Waltraut gibt einen erstickten Laut von sich.

„Na ja, der Kunkelmann hat gerne ausgetauscht. Terrier und Rasta sind erst seit dem Spiel gegen Österreich dabei. Pauker kam vor vier Spielen dazu, weil sich unser Stürmer verletzt hat. Die einzigen zwei, die seit Beginn der Trainingsphase dabei sind ..." Emsig deutet er auf den Tormann. „Sind wir beide."

„Oh Gott, wie soll man sich denn da als Team fühlen." Tom drückt ihre Hand.

„Unser Schmidchen ist ein Rückkehrer. Den hat unser Ex-Trainer nach dem ersten Spiel

rausgeschmissen und vor dem letzten wieder zurückgeholt." Mayer zeigt auf den Wuschelkopf. Waltraut schüttelt den Kopf, würde am liebsten jeden Einzelnen erst einmal an ihr Herz drücken, wie sie da vor ihr stehen, zwar die Hände hinter dem Rücken verschränkt, aber einen Ausdruck wie begossene Pudel. Tief atmet sie durch. „Also, wenn die Paparazzi nicht wären, würde ich jetzt erst einmal mit euch in eine Eisdiele gehen. Ihr müsst euch zunächst mal kennenlernen. So kann man doch nicht spielen." Kurz überlegt sie. „Dann eben anders! Stellt euch in einen Kreis."
Die Spieler schauen sie verwundert an.
„Nun bewegt euch schon. Ich beiße nicht und mein Enkel genauso wenig."
Nach anfänglichem Zögern stellen sie sich brav Schulter an Schulter zu ihr. Dann schickt sie den Wuschelkopf in den Kreis.
„Ich will euch zeigen, was aufeinander vertrauen können heißt. Du machst jetzt die Augen zu. Körperspannung aufbauen, nicht hängen lassen. Dann lässt du dich nach hinten fallen."
Ungläubig starrt er sie an.
„Na, keine Angst, wir stehen fest um dich herum, fangen dich auf und drücken dich nach vorne. Dort wirst du erneut von uns gebremst. Also los. Trau dich." Mit Blick auf die anderen vermittelt sie

ihnen, dass sie alle noch drankommen und daher bestimmt nicht wollen, dass einer fallengelassen wird.

„Und, Augen zu. Los."

Am Anfang eiert die Übung und er muss sich ständig neu ausrichten. Dann aber stehen die Leute fester, sind bereiter, kommen ihm stets entgegen. Die Stimmung wechselt vom verbissenen Tun ins ausgelassene Lachen. Bis der Letzte an der Reihe ist, sieht es aus, als hätten sie nie etwas anderes gemacht. Genauso könnte es funktionieren, denkt sie und Tom strahlt über beide Ohren.

T oms T agebuch

Mann der Pauker, hat der sich vielleicht angestellt, hat sich ganz schön in die Hose gemacht. Vor dem Tor der große Held und dann braucht der drei Anläufe, bis er sich fallengelassen hat. Was für ein Schisser!

Holland

Die Mannschaft sitzt nach dem Abendessen in großer Runde beisammen. Der Zeugwart und die Physiotherapeuten sind auch dabei. Waltraut hat vor, das Mannschaftsgefühl und den Zusammenhalt weiter zu stärken.

„Dafür müsst ihr euch besser kennenlernen", erklärt sie dem Team. „Ich habe das Gefühl, ihr wisst nicht mehr über die anderen, als jeder aus der Zeitung lesen kann. Wenn sich nach dem Essen jeder an sein Handy oder die Spielekonsole zurückzieht, werdet ihr niemals zu einer Gemeinschaft. Und genau das brauchen wir, um die Holländer zu schlagen. Fußball spielen könnt ihr alle, sonst wärt ihr nicht hier. Aber als Mannschaft zusammenzustehen, sich für den anderen einzusetzen und die eigenen Befindlichkeiten dem Team unterzuordnen, das könnt ihr nicht. Aber nur so kann man ein Spiel gewinnen." Ernst schaut sie in die Runde. „Daher wird jetzt jeder ein bisschen was über sich

erzählen. Etwas aus seinem Leben, darüber wie er sich fühlt und über seine Träume."

Gespannt blickt sie in die Gesichter der jungen Leute. Niemand sagt ein Wort. Seufzend rollt sie mit den Augen. „Na gut, dann fange ich mal an. Ich bin die Waltraut, 78 Jahre alt, habe drei Kinder, aber nur einen Enkel." Sie wuschelt Tom durchs Haar. „Viele Jahre war ich eine begeisterte Schwimmerin. Nach einem Unfall und einer Verletzung am Ohr war es mir nicht mehr möglich, zu tauchen. Also habe ich eine Zeit lang als Trainerin gearbeitet. Dann kamen die Kinder und ich hatte keine Zeit mehr für den Sport." Grinsend zuckt sie mit den Schultern. „Und jetzt bin ich zu alt dafür. Das dachte ich jedenfalls bis vor zwei Tagen. Normalerweise bin ich ein sehr fröhlicher und ausgeglichener Mensch, aber seit ich diesen Job hier habe, verspüre ich vor allem Angst. Angst vor dem Unbekannten und davor die Erwartungen nicht zu erfüllen, insbesondere die meines Enkels. Für die Zukunft wünsche ich mir vor allem, dass wir alle gesund bleiben. Und natürlich einen Sieg gegen Holland!"

Die Mannschaft klatscht und Waltraut fühlt sich auf einmal sehr wohl hier. Mit einem Nicken deutet sie auf den Kapitän. „Wollen Sie anfangen, Herr Mayer?"

„Na schön! Aber nur unter einer Bedingung. Bitte nennen Sie mich Manu. Wenn Sie noch öfter Herr Mayer zu mir sagen, komme ich mir vor wie sechzig. Mein Vater ist Herr Mayer!"

Sie lacht „Sehr gerne! Wegen mir könnt ihr mich alle Waltraut nennen. Schließlich könntet ihr alle meine Enkel sein."

Mayer setzt wieder an. „Also, ich bin der Manu und siebenundzwanzig Jahre alt. Ich habe …"

Die Tür zum Raum wird aufgerissen und ein aufgeregter Kiesewetter kommt hereingestürmt. „Leute, wir haben ein Problem!", ruft er völlig außer Atem, während er mit einem Zettel herumwedelt. „Die Holländer wollen nicht antreten und haben beantragt, dass das Spiel kampflos für sie gewertet wird."

„Was soll das denn? Sind die bescheuert?", Pauker springt auf und starrt den Teammanager erbost an.

Kiesewetter deutet auf Waltraut. „Sie haben eine Beschwerde eingelegt, weil unser Trainer keinen Trainerschein besitzt."

Jetzt erhebt sich auch Mayer. „Ist das Ihr Ernst? Die sind doch vollkommen bekloppt. Haben die etwa Angst vor uns bekommen, weil wir jetzt von einer ehemaligen Synchronschwimmerin betreut werden?" Plötzlich hellt sich sein Gesicht auf. „Der Beckenbauer hatte doch damals auch keinen Trainerschein, oder?"

Kopfschüttelnd lässt sich Kiesewetter auf einen Stuhl plumpsen. „Nein, hatte er nicht. Aber einen lizensierten Trainer an seiner Seite. Beckenbauer war nur Teamchef."

„Na dann besorgen wir uns doch auch einfach einen offiziellen Trainer mit Lizenz.", ruft Tom begeistert. „Dann ist doch alles in Butter."

„So einfach ist das leider nicht." Der Teammanager lässt resigniert die Schultern hängen. Wo sollen wir bis morgen einen Trainer finden, der nicht bei einem Verein unter Vertrag steht.

„Entschuldigen Sie bitte!", eine Stimme lässt sie alle herumfahren. Ein junger Kellner steht mit einem Tablett voller Getränke vor ihnen und tritt nervös von einem Bein aufs andere. „Ich habe Ihre Unterhaltung mitbekommen und hätte eine Idee."

„Immer raus damit, junger Mann", spornt Waltraut ihn an.

Der Kellner sackt ein wenig in sich zusammen. Die berühmten Fußballer, die ihn allesamt anstarren, scheinen ihn aus dem Konzept zu bringen. „Ähm, also, mein Bruder Diego ist Fußballtrainer, hat gerade die A-Lizenz erworben. Er soll ab der

kommenden Saison die erste Mannschaft des VFB Borussia Strutzenbach übernehmen. Im Moment ist er vereinslos. Ich könnte Ihnen ja mal seine Nummer geben."

Kiesewetter springt auf. „Kommen Sie mit, junger Mann! Wir haben heute Abend noch einiges zu organisieren. Das wird höllisch knapp. Hoffentlich schaffen wir das." Ohne eine Antwort abzuwarten, nimmt er ihm das Tablett aus der Hand, stellt es auf den Tisch, packt ihn am Ärmel und zieht ihn mit sich aus dem Raum.

Kopfschüttelnd schaut Waltraut in die Runde. „Ist bei euch immer so viel los?"

„Diese Scheiß Angsthasen! Wollten uns auf unfaire Art stoppen. Aber jetzt kriegen wir sie an den Eiern!" Tom hüpft begeistert auf und ab.

„Junger Mann! Mäßige deine Ausdrucksweise!" Waltraut schaut ihn finster an.

„Entschuldige bitte! Unsere werten Nachbarn waren wohl der irrigen Annahme, sie könnten uns mit Hilfe juristischer Spitzfindigkeiten an der Spielteilnahme hindern. Wir werden diese jedoch mit allem gebotenen Respekt in die Schranken weisen."

T oms T agebuch

Die Holländer sind Schlappschwänze. Haben die
doch tatsächlich Schiss gekriegt. Und das vor meiner
Oma!!!

Blasenschwäche

Waltraut krallt sich an Diegos Ellenbogen, ist nicht fähig, alleine zu stehen. Ihre Blase zwingt sie ständig zur Toilette. Sie fühlt sich in ihre Zeit als Schwimmtrainerin zurückversetzt. Damals erging es ihr bei Wettkämpfen ähnlich.

„Das wird schon!", sagt Tom und tätschelt ihre freie Hand.

„Sie haben die Mannschaft klasse auf Vordermann gebracht", bestätigt ihr nun auch der kurzfristig eingesprungene Trainer Diego.

„Aber was, wenn Manu vergisst, dass man Terrier nicht aufhalten darf und Schmidchen die schwierigen Passagen umgehen muss? Wenn die nicht auf gleicher Wellenlänge schwimmen, dann funktioniert es nicht."

„Oma, jetzt mach dir nicht in die Hose. Die haben viel gelernt. Und Fußballspielen können sie sowieso. Die packen das." Tom zupft an ihrer Jacke.

Der Anpfiff ertönt und wie besprochen orientiert sich die Mannschaft aggressiv nach vorne, doch schon der erste Zweikampf geht verloren. Waltraut stöhnt, ihre Hände zittern.

„Oh Mann, die sind nervös." Diego drückt sie fester an sich.

„Vertrauen", flüstert sie gepresst, dann aber plärrt sie quer über den Rasen. „Haltet zusammen! Schmidchen, wo bist du!"

Tom hüpft neben ihr, die Hand mit der geballten Faust in der Höhe. „Vertrauen", brüllt auch er.

Kurz darauf scheint sich die Mannschaft gefangen zu haben. Terrier dribbelt um sein Leben. Rasta stürmt das gegnerische Tor. Schmidchen schlängelt sich durch die Abwehr und steht frei.

„Schieß", schreit Waltraut mit hochrotem Kopf.

Tom rennt in ihrem Trainerbereich bis zur Grenze und plärrt: „Schuss! Hau das Ding rein."

Ein Raunen überrollt das Stadion.

„Nein!", schreit Tom und bricht auf dem Rasen zusammen.

„Man hat der Tormann Nerven, einen Schlenzer ins Dreieck! Da kommt normal keiner dran. Aber der Holländer holt ihn raus."

Waltraut bangt um ihre Blase und um ihr Herz. „Wir brauchen Glück und ein bisschen Zuversicht", flüstert sie. Über den Rasen schreit sie. „Weiter!!!" Die haben sich nur am Wasser verschluckt, beruhigt sie sich selbst. Die fangen sich gleich wieder.

Tom rennt bei jedem Angriff durch die Coachingzone, Diego dokumentiert jeglichen Ballkontakt.

„Ecke!", brüllt der gegnerische Trainer.

Waltraut schlägt die Hände vors Gesicht.

Diego pfeift durch die Zähne. „Bitte keine Ecke. Da erwischen sie uns auf dem linken Fuß."

„Bleibt am Mann", plärrt Tom.

„Rasta, dein Part", schreit sie hinterher. Das ist wie beim Abtauchen, man muss nur lange genug die Luft anhalten, um im richtigen Moment die Wasseroberfläche zu durchbrechen, beruhigt sie sich selbst, als ob sie es erneut ihren Männern eintrichtern würde.

Jetzt ist es Diego, der sich an ihren Arm krallt.

Ein Laut der Menge erklingt, als würde sie gemeinschaftlich aufheulen.

„0 zu 2! Ich glaub's nicht", jammert Tom.

Sie scheint die Einzige zu sein, die nicht in sich zusammensinkt. Ein Glühen erscheint in ihren Augen. Wenn man beim Schwimmen jeden Dreher verpatzt hat, dann kann einen nur noch der Überraschungseffekt retten. Jetzt kommt das, was sie bis zum Erbrechen geübt haben. „Der Oma-Doppel-Pass!", brüllt sie aus Leibeskräften.

Schon wechseln ihre Spieler gekonnt die Positionen. Die holländische Mannschaft scheint irritiert und bis sie sich fängt, greift der Tormann bereits das erste Mal hinter sich.

„Toooooor!", tobt die Menge.

Diego springt fast aufs Spielfeld. „Es funktioniert!" Schnell nutzt Schmidchen die allgemeine Verwirrung nach dem Anstoß. Die Holländer wirken völlig deplatziert. Mit seinen Gummi-beinen schlängelt er sich vor bis zum Sechzehner und gibt ab an Terrier, der genau richtig steht, den Ball cool abprallen lässt und lässig zum Ausgleich einschiebt.

Die Menge flippt aus.

In der Pause redet Waltraut unaufhörlich auf die Spieler ein, bläut ihnen ein, sich gegenseitig zu vertrauen und an sich zu glauben.

Motiviert bis in die Haarspitzen und voller Euphorie durch die erfolgreiche Aufholjagd startet ihr Team in die zweite Halbzeit, doch die Holländer sind jetzt wieder absolut konzentriert bei der Sache. Es entwickelt sich ein intensiver Schlagabtausch, der Waltraut an den Rand des Nervenzusammenbruchs bringt.

„Mist, verdammter!", flucht sie, als Mayer mit einem Fernschuss nur den Pfosten trifft. Kurz

darauf stürmt ein Holländer allein auf das deutsche Tor zu. Mit angehaltenem Atem verfolgt sie, wie der gegnerische Stürmer sich den Ball ein bisschen zu weit vorlegt und den Schuss kläglich neben das Tor setzt.

Kopfschüttelnd stützt sie sich auf Diego. „Ich halte das nicht mehr aus. Meine Nerven!" Ein Blick auf die Uhr lässt sie entsetzt aufstöhnen. Nur noch zwei Minuten! „Los Jungs! Gebt Gas!"

Die Mannschaft wirft alles nach vorne. Rasta hat seine Position in der Abwehr verlassen und stürmt aufs gegnerische Tor zu. Mayer schlägt einen langen Pass in den Strafraum. Waltraut verdeckt ihr Gesicht mit den Händen. Zwischen den Fingern hindurch sieht sie, wie der Abwehrspieler hochsteigt und den Ball wuchtig in den Winkel köpft.

Jetzt gibt's kein Halten mehr. Diego und Tom fallen ihr in die Arme und die drei tanzen an der Seitenlinie. "3:2 für uns!", jauchzt Tom.

Wenige Sekunden später pfeift der Schiedsrichter ab und die Spieler stürmen auf Waltraut zu. Ehe sie sich versieht, haben die Jungs sie gepackt und in die Luft gehoben. „Mit dem Oma-Doppel-Pass werden wir auch Weltmeister!", schreit Pauker und reißt sich das Trikot vom Leib.

Und Tom ruft begeistert: „Oma Olé!"

Toms Tagebuch

Wir fahren nach Mexiko!!! Das ist der Wahnsinn! Meine Oma ist die Beste. Und ich bin hautnah dabei. Der Manu ist ab jetzt mein Pate! Der zeigt mir alles, was er kann. Solange, bis ich selbst im Finale stehe.

Weitere gemeinsame

Bücher des Autorenduos

Villa Konfetti
von Gerd Schäfer
und Sina Land

Eine Villa
vier Menschen
und ein Zuhause

Eine Geschichte über Freundschaft,
Zusammenhalt und das gute Gefühl, anderen zu
helfen - voller Herzenswärme und Humor.

Ein marodes Kinderheim steht am existentiellen
Abgrund. Es bleiben sechs Monate Zeit für die
Renovierung, doch statt des nötigen Kleingelds
gibt es nur Schwierigkeiten. Die Hoffnung auf
Rettung lastet auf Schultern, die unterschiedlicher
nicht sein könnten: einem wohnungslosen
Handwerker mit Feder im Haar, einem Ritter aus
dem Seniorenheim, einer Prinzessin in
Designerjeans und einem Straßenkind mit grünen
Haaren und frecher Klappe. Wird es ihnen
gelingen, das Zuhause der Kinder zu retten?

Residenz Seelenheil
von Gerd Schäfer und Sina Land

Ein Bauernhof,
sieben Senioren
und ein Fallstrick

Eine Geschichte über Freundschaft, Vergebung
und den Mut, zu seinen Fehlern zu stehen –
humorvoll, skurril, emotionsgeladen.

Sieben Senioren mit speziellen Eigenarten
stranden in einem Seniorenheim auf einem
idyllischen Bauernhof. Wie das Leben so spielt, hat
jeder von ihnen sein Päckchen zu tragen. Durch
den geheimnisvollen Leiter der Residenz, Magnus
Violent, erhalten sie die Chance, sich von ihren
Lasten zu befreien, um den Rest des Lebenswegs
erleichtert zu beschreiten. Werden sie die
Möglichkeit nutzen, begangene Fehltritte zu
bereinigen und neue Freundschaften zu schließen?
Und wer ist eigentlich Magnus Violent?

Stadt, Land, Glück
von Gerd Schäfer und Sina Land

Eine Geschichte
über Liebe, Freundschaft
und die Erkenntnis,
wie wichtig die eigenen
Bedürfnisse sind –

humorvoll, einfühlsam, und ein klein bisschen chaotisch.

Justus ist unglücklich mit seinem Leben in der Stadt. Kurzerhand tauscht er sein Haus mit Bernhard, der unbedingt dem Landleben entfliehen will. Doch was halten ihre Ehefrauen und Kinder davon, wenn sie plötzlich aus ihrem gewohnten Leben gerissen und in eine gänzlich andere Umgebung verfrachtet werden? ,Stadt Land Glück' ist die Suche zweier Familien nach Zufriedenheit und Wohlbefinden.

Weitere einzelne

Bücher von Sina und Gerd

Sina Land unter
sina-land.jimdofree.com

Gerd Schäfer unter
gerdschaefer.com

Sina Land

Sina Land ist Coach für Menschen in außergewöhnlichen Lebenssituationen. Um neue Ideen in festgefahrenen Situationen geht es auch in ihren Romanen. Sie selbst kam durch eine Krankheit weg vom Tanzen und hin zum Schreiben. Erst waren es Kinderbücher, die sich kreativ mit den Gefühlen der Kleinen auseinandergesetzt haben. Inzwischen sind es Geschichten für Erwachsene. Wer beim Lesen einen gewissen Tiefgang liebt und auch gerne ein wenig über seinen eigenen Tellerrand schauen möchte, wird sich aufgehoben fühlen. Außerdem findet sich eine Spur mystischer Touch in all ihren Geschichten wieder.

**Gerd
Schäfer**

Gerd Schäfer wurde 1974 geboren und lebt mit seiner Frau und seinen zwei Kindern im nördlichen Rheinland-Pfalz. Als kreativen Ausgleich zum Bürojob schreibt er neben Büchern auch Theaterstücke und fotografiert. In seinen Texten geht es meist um die Suche nach der inneren Harmonie und dem Versuch, sich das Leben so zu gestalten, dass man glücklich und zufrieden ist. Am liebsten humorvoll und mit einem Augenzwinkern. Er geht gerne wandern und wenn er es sich aussuchen könnte, würde er den Sommer auf einer einsamen Alm in den Alpen verbringen.